너도 인간이니?

대국민 인간 사칭 프로젝트

포토에세이

너도 인간이니?

대국민 인간 사칭 프로젝트

포토에세이

〈너도 인간이니?〉 제작팀 지음

RHK
알에이치코리아

'울면 안아주는 게 원칙이에요.'

사람이 사람을 이용하고, 가차 없이 버리고, 또 죽이기도 하는 무정한 시대!

자신의 이익을 위해서라면 혈육도 이용하고, 타인의 고통은 아랑곳하지 않는,

인간 같지 않은 인간들 속에서 인간보다 더 인간 같은 인공지능 로봇이

나타난다면?

드라마 〈너도 인간이니?〉는 남신3라는 인공지능 로봇을 통해

진정한 인간다움이란 무엇인가에 대한 질문을 던진다.

슬퍼하는 사람은 안아준다, 약속은 지킨다, 도움이 필요한 사람은 도와준다,

비인간적인 세상 속에서도 남신3는 자신만의 원칙을 지켜나간다.

인간보다 더 인간다운 인공지능 로봇과 그 로봇보다도 못한 인간들.

남신3를 둘러싼 음모와 그 속에서 피어나는 강소봉과 남신3의 로맨스!

인간의 욕망과 비정함, 의심과 거짓이 만들어낸 운명의 소용돌이,

그 속에서 남신3는 자신과 자신의 사람들을 어떤 방식으로 지켜낼 것인가?

남신3의 모습 속에서 인간을 보게 되는 드라마,

〈너도 인간이니?〉를 포토에세이로 만난다.

시작은 무척이나 단순했습니다. 인간과 전혀 구별되지 않는 생김새에 인간보다 훨씬 뛰어난 인공지능을 갖춘 로봇이 우리 눈앞에 나타난다면? 갖은 욕망으로 넘쳐나는 인간들의 세상에 로봇이 등장한다면? 이런 호기심에서 이 작품은 시작되었습니다. 하지만 오랜 기간 작가님과 이야기를 만들고 스태프들과 촬영을 하고 배우들과 연기에 대해 고민해보니 이 작품을 통해서 하고 싶은 이야기들이 구체적으로 몇 가지 생겼습니다.

먼저 새로운 판타지이길 바랐습니다.

만일 당신 곁에 사람같이 생긴 스마트폰이 있다면? 그것도 지금의 스마트폰과 비교가 안 될 정도로 고사양 인공지능 로봇이라면?

날씨, 지도, 교통, 쇼핑, 검색 등 편리한 생활 도구일 수 있겠죠. 그러나 이 로봇은 거기서 머무르지 않고 서슴없이 친구의 역할을 대신합니다. 지치지 않고 내 푸념을 들어주고 곁에서 나를 챙겨주면서도 속내를 털어놓는 나를 부끄럽게 만들지 않습니다. 로봇인 저를 물건 취급하는 인간을 미워하지도 않고 저를 배신한 인간을 떠날 줄도 모르는 지고지순함까지 갖추고 있죠. 이런 친구만 있다면 나의 삶은 외롭지 않을 것 같지 않나요?

'인간은 무엇인가?'라는 질문을 던지고 싶었습니다.

재벌가라는 배경에서 알 수 있듯이 이 드라마의 인간들은 대개 욕망의 화신들입니다. 욕망 때문에 서로를 미워하고 속이고 이용하고 배신하죠. 이런 난장판 속에 인간으로 보이는 로봇이 끼어든 겁니다. 욕망이라는 감정 자체가 없는 로봇.

욕망으로 인해 비인간적으로 변해버린 인간들과 욕망이 없기 때문에 인간적일 수 있는 로봇. 이 둘 중 누가 더 진정한 인간의 가치를 구현하고 있는가? 인간다움이란 과연 무엇인가? 어디서부터 어디까지가 인간이고 인간이 아닌가? 결국 인간이란 어떤 존재이며 나는 어떤 증거로 인간일 수 있는가? 이런 질문들을 던져 보고 싶었습니다.

마지막으로 뻔하긴 하지만 진짜 사랑을 말하고 싶었습니다.

이 드라마의 여주인공은 돈을 목적으로 재벌 3세의 비밀을 캐내려는 경호원입니다. 그녀는 어느 순간 자신이 경호하던 대상이 로봇이라는 걸 알게 됩니다. 처음엔 무서웠고 그다음엔 물건 보듯 무시하더니, 어느새 아무에게도 보여주지 않았던 제 마음의 속살을 로봇에게만 드러내기 시작합니다. 기계가 점점 사람처럼, 사람보다 더 사람처럼 보이기 시작하죠. 정작 위험한 건 그녀의 마음입니다. 저건 그냥 기계에 불과하다고 외쳐봐도 마음이 가는 건 어쩔 수 없었으니 말입니다.

자신이 사랑하는 대상이 사람이 아닌 존재일지라도 자꾸 보고 싶고 옆에 있고 싶고 지켜주고 싶은 마음. 무언가를 원하기보다 자그마한 무엇이라도 해주고 싶은 마음. 모두가 알고 있는 뻔한 말이지만 정작 지키며 살기는 어려운 그 마음. 그것이 진짜 사랑이라고 말하고 싶었습니다.

사람값이 하찮게 여겨지는 시대. 그래서 더없이 비인간적인 이 시대에 로봇이 주인공인 이 드라마를 통해서 역설적으로 우리 인간이 얼마나 가치 있는 존재인지 되돌아봤으면 합니다. 그래서 인간을 인간 취급하지 않는, 인간다움을 망가뜨리는, 인간 같지 않은 인간들에게 우리가 당당히 외쳤으면 좋겠습니다. "너도 인간이니?"라고요.

처음으로 조정주 작가님을 만났던 때가 생각납니다. 조금 쌀쌀했던 2016년 늦가을 혹은 겨울의 초입이었습니다. 그 후 두 번의 여름과 겨울을 보냈습니다. 그 시간을 함께해준 분들께 깊이 감사드립니다. 특별히 서홍식 감독님, 많이 그리울 겁니다. 부디 편히 잠드시길….

책이 나올 즈음이면 방송은 모두 끝나 있겠지요. 방송이 끝나고 난 뒤 시청자분들의 삶이 〈너도 인간이니?〉를 보기 전보다 조금이라도 더 행복하고 건강하고 풍요로워지기를 간절히 바랍니다.

차영훈

개인적으로 드라마는 순간의 장르라고 생각합니다. 긴장 풀고 편하게 보다가 끝나면 잊히는 게 당연한. 새 드라마들이 앞다퉈 쏟아지는 요즘에는 더더욱 그렇다는 걸 알면서도, 가끔은 서운했습니다. 작가한테 작품이란 절대 잊을 수 없는 자식 같은 존재니까요. 그런 의미에서 드라마 속 지나가 버린 순간들을 멈춰서 음미할 수 있는 이번 기회가 참 반갑습니다. 화면 속 아름다운 '배우들'의 모습을 화면 밖에서 장인정신으로 담아내준 '스태프들', 이들이 만들어낸 장면들을 보시면서 이들의 수고로움 또한 생각해주시길 바랍니다.

〈너도 인간이니?〉는 짧은 필모그래피 중에서도 가장 힘든 작업이었습니다. 로봇이 주인공인 드라마. 지문과 대사를 쓰면서도, 어떤 연기로 표현될지, CG를 비롯한 그림은 어떻게 나올지, 전혀 예측할 수 없었습니다. 1부에서 4부까지의 편집본을 처음 보던 날을 잊지 못합니다. 남신3와 남신의 체코에서의 조우, 남신3의 VR 트레이닝, 남신3의 재난모드 구조장면, 수영장 속 더미 같던 남신3 등, 정말 오랜만에 기분 좋은 시각적 충격을 받았습니다. 대본을 뛰어넘는 연기와 영상미를 보면서 제가 참 운이 좋은 작가라는 생각을 했습니다. 그저 예쁜 연기와 영상미가 아닌, 적확한 연기와 적확한 영상으로 표현해내는 배우와 연출과 스텝들을 동시에 만나는 건 작가에게 천운이나 다름없는 일이기 때문입니다.

아름다운 비주얼과 그 비주얼을 뛰어넘는 절정의 연기력으로, 로봇과 인간, 혹은 그 사이를 넘나드는 순간조차 시청자들을 완벽히 설득해낸 서강준 배우님.

남신3를 세상 밖으로 이끌어주는 용기 있고 강인한 소봉이를, 진실한 눈빛과 맑은 눈물로 연기해준 공승연 배우님, 끝까지 변심하지 않는 한결같음을 세심하게 표현해준 이준혁 배우님과 박환희 배우님, 이 드라마의 서사를 탄탄하게 책임져주신, 유오성 배우님, 김성령 배우님, 박영규 배우님, 그 외 자신의 역할을 빛내주신 수많은 배우님들.

여름, 가을, 겨울에 걸쳐 물, 불을 가리지 않는 혹독한 현장에서 고생해주신, 촬영 후에도 긴 시간 후반 작업에 애쓰며 완성도를 높여주신, 일일이 이름을 불러드리지 못해 죄송한 모든 스태프님들.

SF, 휴먼, 로맨스, 액션, 스릴러 등이 뒤섞인, 이 말도 안 되는 작품을 제대로 맛깔나게 연출해주신, 차영훈 감독님, 윤종호 감독님.

드라마가 협업이라는 사실을 새삼 깨닫게 해준 당신들과 일할 수 있어서,
무척 영광이었습니다.

언젠가 다시 현장에서 만나기를 바라며, 다들 고생 많으셨습니다!

조정주

Contents

Highlight

"난, 심장이 없는데요?"

인간의 모습을 하고 있지만 인간은 아닌,
따뜻하게 안아주는 가슴을 가졌지만 심장은 없는,
살아있되 살아있는 인간이 아닌, 인공지능 로봇 남신3

자신을 만든 오로라 박사를 어머니로 여기며
행복하게 살아가던 남신3는
우연히 길 위에서 자신과 같은 얼굴을 한 남자를 만난다.

"도대체, 넌 누구야?"

눈앞의 남자가 질문을 던지는 순간,
의문의 차량이 그를 덮치고 그 사고를 계기로,
남신3의 일상도 걷잡을 수 없이 뒤바뀌게 되는데….

"신아, 엄마 부탁이 있어.
한국에 가서 우리 신이 자릴 지켜줘."

PK 그룹 회장의 유일한 손자,
부족함도, 거리낄 것도 없는 모든 것을 가진 남자,
그리고 오로라 박사의 진짜 아들!
사고로 의식불명에 빠진 진짜 남신을 대신해
오로라 박사는 남신3에게 남신의 자리를
대신해달라고 부탁한다.

PK 총괄팀장이자 강력한 아군인
지영훈의 트레이닝 끝에 진짜 남신이 된 남신3
가장 주의해야 할 것 하나,
"인간을 너무 믿지 말아요."

다시 돌아온 남신3에게 쏟아지는 의심의 눈초리와
거액의 의뢰를 받아 남신3에게 접근하는 여자 강소봉,
그녀가 수상하다는 것을 알면서도
어쩐지 밀어낼 수 없는 남신3.

"내 앞에서 사람인 척 좀 그만해요."

화재 사건 현장에서 남신3의 도움을 받은 강소봉은,
남신3의 진짜 정체를 알게 되는데…

인간 같지 않은 인간들 사이에서
인간보다 따뜻하고, 인간보다 인간다운 로봇 남신3,
누가 인간이고, 누가 로봇일까?
의심과 거짓말로 시작된 관계가 '진심'이 될 수 있을까?
남신3의 정체를 알게 된 강소봉은 어떤 선택을 할까?

점차 서로에게 애틋한 감정을 느끼기 시작하는
남신3와 강소봉,
그들의 목을 조여 오는 음모들,
인간의 잘못된 욕망과 의심, 그리고 거짓말이 만든
모두의 운명은 어떤 결론에 도착하게 될까?

"지금부터 미안하다는 말 금지.
니가 사람이 아닌 것도,
내가 널 좋아하는 것도, 잘못이 아니잖아.
혹시 앞으로 더한 일이 생겨도
서로 미안해하지 말자."

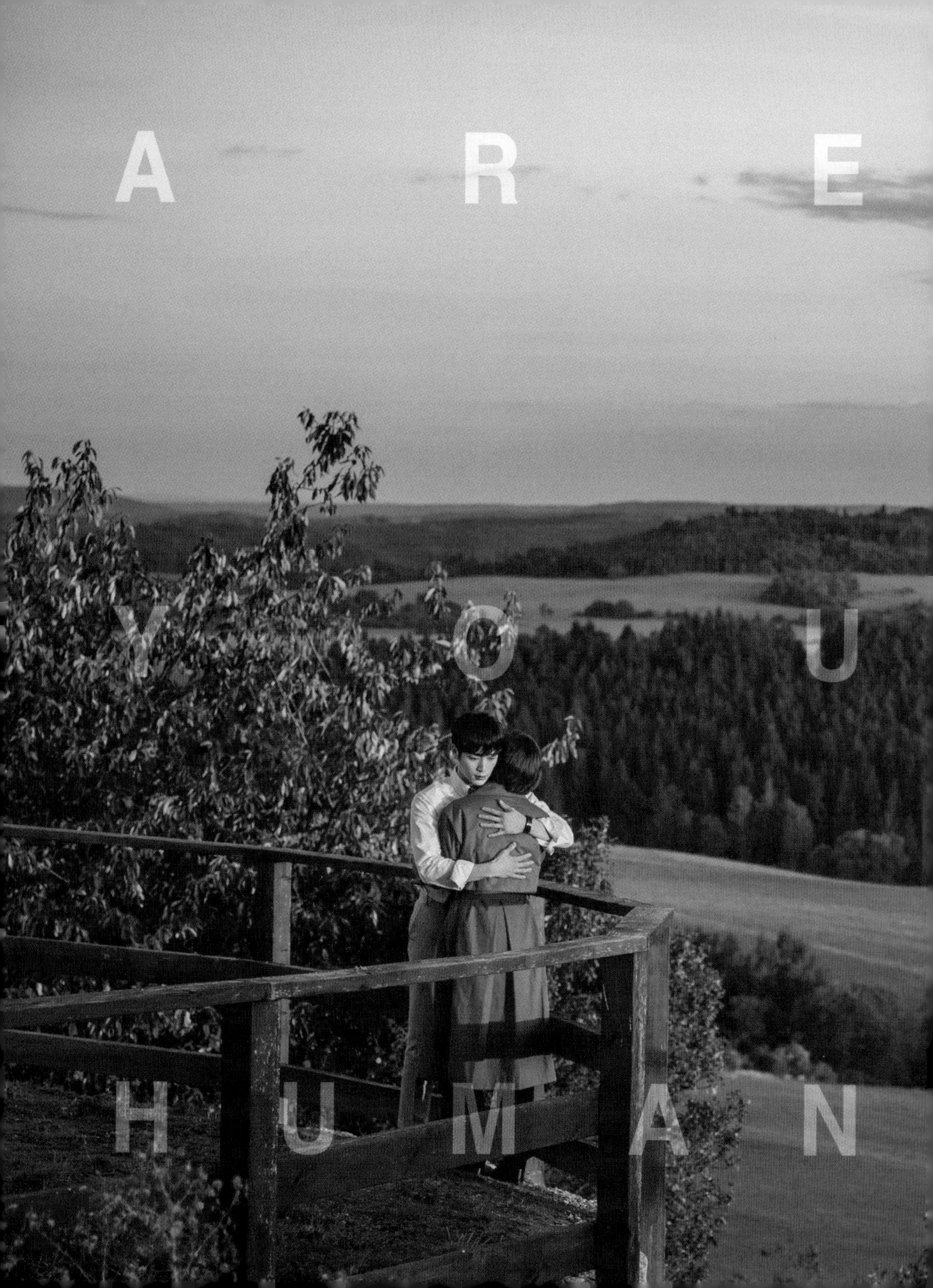
A R E
Y O U
H U M A N

PART ONE

그리움이 시작이었다

안녕하세요.
인공지능 로봇 남신3입니다.

…그냥…
누군가 생각나서…

울면 안아주는 게 원칙이에요.

시계 같은 몰카라…
재밌네.
너 뭐야?
너 같은 게 경호원이야?

누구게?

힌트 줄게.
흰 구름이 보여.
아니, 흰 구름만 보여.

오로라!
못 알아들어?
여기 식으로 로라 오!

이 지역은 확실하다면서
왜 아직 못 찾아?

처음이었어요. 거짓말한 게.
엄마를 위한 거니까 괜찮아요.

난 아주 잘 컸어요, 엄마.
꽤 재밌어요, 사는 게.

엄마를 만나서 다 확인해볼 거예요.

엄마도 그동안
날 애타게 기다렸을 테니까.

미행당하고 있어.
호텔 방에 있는 내 짐 버려주고
그 주소, 절대 발설하지 마.
한국으로 돌아가서 다시 연락할게.

도대체, 넌 누구야?

나와 똑같은 한 인간.
그를 처음 본 건 46분 43초 전이다.

얼굴과 이름이 똑같다는 건 무슨 의미지?

이제 알았다.
인간 남신, 그는 엄마의 아들이다.

신아, 엄마야…
제발, 눈 떠! 신아!

신아, 엄마 부탁이 있어.
서울 가서 신이 자릴 지켜줘.

엄마 말대로 할게요.
그러니까 슬퍼하지 마세요.

이제 정말 신이 같네요.
나까지 속겠어요.

PK 그룹 미래전략실 본부장 남신입니다.

누구를 죽이고 살릴 것인가,
자율주행차의 판단은 결국 인간의 몫입니다.
인간은 이제 삶과 죽음을 결정할 수 있는
신의 자리에 다가섰습니다.

개! 남! 시이인!!!

나도 잘못한 게 있으니까 억울해도 참았어.
근데 너, 나 갖고 논 거라며?
내가 니 장난감 로봇이야?
맘대로 조종하고 버리게?

울면 안아주는 게 원칙이에요.

…오해하지 마…
그쪽 심장소리야.

심장 따위 없어, 난.

저 본부장님 은혜 꼭 갚고 싶습니다.
가까이에서 모시고 싶어요.
절 경호원으로 받아주세요, 본부장님!
목숨 걸고 충성할게요!

거짓말이다, 이 여자.

진짜 신이인 줄 알았네.
피규어 좋아하는 건 신이랑 똑같네요.

인간 남신도 로봇을 좋아하나 봐요.
깨어나면 나도 좋아할까요?

봤어요?
본부장님하고 똑같이 생겼어요!

못 봤는데?
나랑 똑같이 생겼다니
무슨 말도 안 되는 소릴.

또 거짓말.

왜 나한테 거짓말했죠?
지영훈 씨는 믿어도 되는 인간인가요,
아닌가요?

뭘 착각하나 본데
그쪽은 진짜 신이 아니에요.
날 믿든 안 믿든
내가 시키는 대로만 해요.

걱정했잖아!

지금은 진심이네요.
심장 터지겠어요.

지난번에도 말했지만 제 심장소리 아니에요.

난 심장이 없는데요.

이게 또!
동작 그만! 그만!

울면 안아주긴 개뿔. 너 진짜 돌았냐?
슈퍼맨처럼 나타나 구해주질 않나.
히어로 같은 대사를 날리지 않나.
또! 또! 심장 없는 사람이 어딨어?

성공하면요?
성공할 테니까 할아버지 자리 주세요.

저 예전의 신이 아니에요.
제 걸 뺏기고 싶은 생각이
전혀 없어졌어요.
회장님의 지독한 욕심이
제 피에도 섞여 있나 봐요.

지금 뭐하는 거지, 강소봉 씨?
여긴 어떻게 알고 왔죠?

…전 신이를 위해 일하는 게 좋습니다.
남들이 뭐라던 신이 옆을 지키는 게 좋아요.

저 오늘 잘했죠, 엄마.
인간 남신이 돌아왔으니까 우리도 집으로 돌아가요.

…신이가 많이 아파.
신이 옆에 엄마가 있어줘야 돼…

…나도 신이에요, 엄마…

근데 괜찮아.

엄마가 조만간 집에 가자고 했거든.

인간에게 '조만간'이란 정확히 얼마의 시간일까?

뭐해? 물에 뭐 있어?

목걸이요.
엄마가 딱 하나 남겨준 건데.

엄마?

뭐예요? 왜 내 눈은 가려요?

또 잃어버리지 마. 엄마가 슬퍼해.

미안해요!
그냥 무조건 미안해요.

손 안 잡아도 알겠네, 진심인 거.
진심을 말해줘서 고마워.

제발 가지 말아요. 내가 이렇게 빌게요.
우리 신이 좀 살려줘요. 제발, 제발요!

울면 안아주는 거예요, 엄마.

가면 안 돼요.

나 좀 도와주세요, 강소봉 씨.

강소봉 씨는 날 알잖아요.
잘 아니까 더 잘 도와줄 수 있잖아요.
다른 사람들이 강소봉 씨처럼 놀라지 않게 도와주세요.
내가 실수하지 않게, 들키지 않게.

눈앞에 있는데 왜 널 찾을 수가 없냐.
신아, 형 힘들어.
걱정 그만 끼치고 빨리 일어나.

ARE

YOU

HUMAN

PART TWO

인간보다 더 인간다운

저 여자다.
내 정체를 아는 여자.
알면서 도와준다는 여자,
강소봉.

미안하다곤 안 할게요.
대신 고마워요.
도와준 덕분에 결혼을 거절했어요.

인간이 아닌 게 다행일 때도 있네요.

내가 간 줄 알았죠?

가든지 말든지.

나 꽤 쓸모 있는데.

너, 오늘부로 내 꼬붕 로봇이야.

꼬붕 로봇?

실컷 부려먹으라며? 도움이 되겠다며?
남들 앞에선 본부장님, 내 앞에선 꼬붕 로봇.
집안일이고 심부름이고 다 시켜먹을 거야, 싫어?

아니요, 좋아요. 난 이제부터 강소봉 씨 꼬붕 로봇이에요.

난 이 아이를 혼자 두고 떠났던 엄마예요.
제 할아버지가 애한테 해코지할까 봐.
어쩔 수 없었다고 변명하면서.
이 아이가 그리워서 그 애를 만들었고,
애가 엄마 없이 이십 년을 견디는 동안,
난 개한테 위로받으면서 가끔 이 아이를 잊기도 했어요.
그게 부끄럽고 미안해요. 미안해 죽겠어요.
엄마한테 화내도 좋으니까 일어나, 신아.
엄마 널 위해서, 너만 보면서 살 테니까
방법이 뭐든, 가능성이 얼마든… 제발… 신아…

한 번 잡아볼래요?
내 마음이 어떤가 확인 좀 해보게.

소용없어요. 갈등과 고뇌는
거짓말탐지기로 판명할 수 없으니까.

…갈등과 고뇌… 그게 내 마음이구나.

표정이 이제 읽히네요. 슬픔. 괴로움.

인간을 너무 믿지 말아요.

사람들이 내가 로봇인 거 알게 되면 진짜 부수거나 녹일까요?
그때 강소봉 씨가 그랬잖아요. 인간이 무서운 게 아니고
인간이 하는 짓이 무서운 거라고.
할아버지도 서 이사도 내가 진짜 남신이 아닌 걸 알게 됐을 때
절 가만 안 두겠죠?

내가 못 그러게 할게.
난 너보다 천 배는 약한 근력에, 도저히 널 따라갈 수 없는
지적 능력 그리고 디지털과는 거리가 먼 무능력한 인간이지만,
널 어떻게든 지켜줄게.
난 니 경호원이니까.

야, 깡통. 너 아무나 그렇게 괜히 안아주고 그러지마.
위로는 그 사람이 원할 때만 해주는 거야.
위로는 그 사람이 원할 때만.

키스가 사고였다고 해도 아버님 입장에선 화내실 만합니다.

화 풀리실 때까지 맘껏 때리세요.

근데 강소봉 씨 정말 좋은 인간이에요.

제 정체를 아는 데도 절대 도망 안 가고 제 비밀도 절대 말 안 하죠.

강소봉 씨가 저 지켜주는 것처럼 저도 강소봉 씨 지켜줘야 돼요.

내가 처음 본 인간은 엄마였고,
첫 번째 원칙도 엄마를 위한 거였다.

매뉴얼. 강소봉을 위한 원칙 추가.
지금부터 강소봉을 제 1로 보호한다!

오늘 엄마가 우는데 못 안아줬어.
위로는 그 사람이 원할 때만
해주는 거라고 강소봉 씨가 그랬거든.
엄마는 내 위로보다
인간 남신이랑 있는 걸 더 원해.

앞으로 넌 내 깡통도, 꼬봉도 아냐.
내 꼬봉뿐만 아니라 누구의 꼬봉도 아니니까,
누구 말도 듣지 말고 니 판단대로 행동하고 결정해.

내 판단대로 하면 안 되는데. 난 인간 남신을 흉내 내야 되잖아요.

남신은 남신이고 너는 너야!
넌 그냥 너라구!

이제 분석됐다.

왜 저 여자에 대한 원칙이 생겼는지.

저 여자는
날 그냥 나로 봐주는,
유일한 인간이다.

도대체 왜 이래요?
로봇인 거 들키려고 작정했어요?

내가 아무리 흉내 내도 인간 남신이 될 수 없는데,
내가 진짜 나로 행동하면 엄마와 지영훈 씬 화를 내죠.
근데 강소봉 씬 달라요.
나를 그냥 나로 인정해주는 유일한 사람이에요.
그래서 자꾸 강소봉 씨가 눈에 보이는 걸까요?

그동안 그 로봇을 보면 널 생각했는데,
오늘은 널 보니까 걔 생각이 나네.
그냥 로봇일 뿐인데.

…신아, 빨리 일어나.
형 마음 더 복잡해지기 전에.

다들 나한테 아무것도 하지 말라고, 감추라고만 하잖아요.
근데 강소봉 씨한테는 다 말해도 돼요.
진짜 날 아니까 뭐든 다 보여줘도 돼요.
그래서 자꾸 강소봉 씨에 대한 에러가 발생했다는 논리적인 추론.

없는 나한테 위로 받고 그럴 거면 돈 내. 너 재벌 3세잖아.

줘도 안 받을 거잖아요. 이제 손 안 잡아봐도 알아요.

들켰네.
인간들도 진짜 모습 다 보여주고 사는 사람 없어.

얼굴 보고 얘기할 자신 없으니까 그냥 거기 있어.

니 판단대로 행동하고 결정하라는 말 취소할게.

꼬봉, 너 다시 꼬봉 돼라.

오늘 재밌었어.

다신 만나지 말자, 우리.

너 미쳤어? 신호등 빨간불인 거 안 보여?

…다시 꼬봉으로 돌아갈게요.
…진짜 잘 있어요. 강소봉 씨.

이게 다 너 때문이야.

로봇 주제에, 왜 그런 눈빛을 해가지고.

근데 왜 하필 지금 니가 생각나지?

내가 어딨는지 넌 전혀 모르지.

알아도 절대 올 수 없고.

내가 왔잖아요.

늦어서 미안해요.

잘 다녀와.
결혼식 뛰쳐나온 것 때문에
혼내도 상처받지 말고.

상처는 인간들이나 받는 거예요.
자꾸 까먹어. 바보 같이.

…너 나랑 친구 먹을래?
왜? 싫어?

그래. 친구하자, 강소봉.

우린 로봇과 인간 사이에 최초의 친구야. 어때, 완전 폼 나지?

완전 폼 나. 내 첫 번째 친구 강소봉.
친구해줘서 고마워.

나 오늘 안 가요.

밤새 여기 있을 거예요.

무서운 꿈꿀 때마다 내가 깨워줄 테니까 마음 놓고 자요.

내가 인간 남신인 척 안 하면
엄마 아들이 아닌 건가요?
로봇은 진짜 아들이 될 수 없는 거예요?

저한텐 엄마도 중요해요.
엄마랑 약속한 거니까,
여기 이 자리 계속 지킬 거예요.
대신 제가 판단해서 제 방식대로 할 거예요.
저 잘할 수 있으니까 잘 지켜봐 주세요.

난 일 잘하는 신이가 필요한 게 아니라
진짜 신이가 필요해.
니 맘대로, 니 멋대로 해봐.

내 사람들을 해치려고 한다면
똑같은 방식으로 되돌려드리죠.
제 경고 기억해두세요.

너 누구야, 니 정체가 도대체 뭐야!

보이는 대로, 믿고 싶은 대로 믿으시죠.
난 그냥 나일 뿐이니까요.

넌 로봇이라 속상한 거 모르지?
외로운 것도 모르지?
지금은 개가 로봇인 게
참 다행이다.

왜 두 개 사왔어? 나 두 개나 먹으라구?

우린 친구니까, 나도 같이 먹으려구.

정말 먹어도 돼?

아주 가끔은. 너랑 제대로 된 친구이고 싶을 때.

뭘 그렇게 봐?

사람들. 더 이해하려고 노력 중이야.

주위에 끔찍한 사람들이 그렇게 많은데,
넌 사람이 지겹지도 않냐?

널 더 이해하려고.

뭘?

널 더 알아야겠어. 강소봉.

그때 난 처음으로 이런 생각을 했다.
내 앞에 앉아있는 이 존재가
로봇이 아니면 좋겠다고.
나와 똑같은 사람이면 좋겠다고.

지영훈 씨한테 인간 남신은 친구구나. 항상 옆에 있어주는 친구.
친구라서 강소봉 씨가 날 지켜주고 싶은 것처럼,
지영훈 씨도 인간 남신을 지켜주고 싶은 거구나. 맞죠?

그리고 언젠가, 나 지영훈 씨랑 꼭 친구할 거예요.
지영훈 씨도 친구 하고 싶을 만큼 좋은 사람이니까.

다신 너한테 내 능력 안 쓸게.
널 이해해주지 못해서 미안해.
내가 로봇이라서 미안해.

내가 사람이었으면 더 좋았을까?
너가 그랬잖아. 내가 로봇이 아니었으면 좋겠다고.

넌 그냥 너니까 있어주면 돼.
아무것도 필요 없으니까 사라지지 말고
그냥 여기 있으라구!

넌 로봇인데 왜 자꾸 마음이 아픈지 모르겠어.

기다림이란 건 수치로 잴 수 없는 거예요.
상대방이 마음을 추스르고 다시 올 때까지.

PART THREE

내가 지켜줄게

ARE

YOU

HUMAN

너 여기 있으면 안 돼.
나랑 계속 얘기하고 웃고 놀고 싶으면 같이 가.
난 너랑 계속 그러고 싶어.

좋으니까. 니가 좋아.
그러니까 이런 사람들 사이에 있지 말고 그냥 빨리 가자.

저기 앉아있는 저 괴물은 진짜가 아닙니다.
본부장과 똑같이 생긴 로봇이에요!

자, 이래도 니가 살과 피를 가진 인간이라고
계속 우길 거야?

다들 사람한테 피 나는 거 처음 봐?

잘못된 줄 알았잖아. 없어진 줄 알았잖아.

기다렸어. GPS도 안 켜고 전화도 안 걸고.
니가 올 때까지 계속.

어디 가지 마…
아무 데도 가지 마…

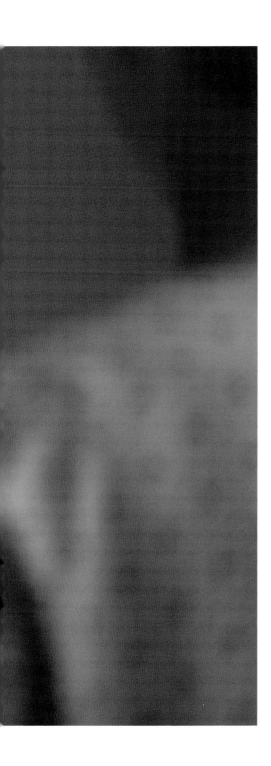

너 이제 내 친구 아니야.

왜? 이제 내가 싫어졌어?

싫어져서가 아니라 더 좋아져서.
나 니가 좋아.
그냥 친구 말고 인간 남자처럼.

난 인간 남자가 아닌데?

인간 남자보다 니가 좋아.

뭐하는 거야?

나도 널 느낄 수 있는지 보려고.

엄마가 준 거랬잖아.

엄마가 그랬어. 이 펜던트는 너를 위한 엄마 마음이니까
나중에 니 마음 주고 싶은 누군가한테 다시 주라구.

저도 약속했어요.
너보다 힘도 딸리고
머리도 나쁘고 컴맹이지만
그래도 어떻게든 지켜주겠다고.
걘 약속을 다 지켜줬으니까,
저도 지켜야 돼요.
그게 예의고 존중이잖아요.
사람이든 로봇이든.

난 로봇이니까 경계하지 않아도 돼요.
난 여기 당신을 도우러 온 거니까.

그럼 앞으로도 날 계속 돕겠다는 거야?

도와줄게요, 얼마든지.

형은 헷갈린 적 없어?
날 제일 잘 아는 사람이잖아.

인간들에게 혈연이 중요하다는 걸 이해하게 됐어요.
엄마한테도 인간 남신이 저보다 중요하겠죠.
그러니까 저한테 죄책감 가지지 마세요.
…그동안 고마웠어요, 엄마.
만들어주시고 지켜봐 주신 거 기억할게요.

…신아!
넌, 널 만들어준 나보다 훨씬 지혜롭고 훌륭해.
이제 엄마 말고 강소봉 씨를 지켜줘…
엄마도 고마웠어.

왜? 내가 사람이라서 싫어?

아니요. 사람 같지 않아서 싫어요.

뭐?

나, 너 저 사람한테서 떼놔야겠어.

…이런 게…질투야?

너랑 헤어지면 슬퍼하고,
너랑 있으면 즐거워하고,
너 때문에 가슴 아파하고,
널 위해 울어줄 수 있다면.

하지만 난 로봇이야.
사랑을 못 느끼는 로봇.
근데 내가 왜 이러지?

강소봉은 나만의 사람이니까.
다시는 이런 식으로 나타나지 마세요.

니가 사람이 아닌 것도,
내가 널 좋아하는 것도, 잘못이 아니잖아.
혹시 앞으로 더한 일이 생겨도 서로 미안해하지 말자.
그런 마음 들 때마다 내가 원하는 거 해주기.

지금은 원하는 건 뭐야?

나?

손잡고 싶어.
손잡고 막 걸어 다니고 싶어.

…예쁘다.

뭐?

내가 인간이었으면 이렇게 말했을 거라고.

예쁘다, 강소봉.

…나 걔 옆에 있고 싶어…아빠…

…끝까지 같이 있어주고 싶단 말이야…

아무리 얼굴과 이름이 똑같아도
넌 그 인간이랑 달라.
그러니까 기죽지 말고
당당하게 니 이름으로 살자,
남신.

로봇은 욕망이 없어요.
남의 것을 뺏는 건 더더욱.

우리 내일 만나서 데이트할래?
평범한 사람들처럼.

좋아. 데이트. 평범한 사람들처럼.

눈물이 반짝…
떨어진다.

그때, 망설이는 게 아니었어.
난 아는데.
니가 어떤 놈인지 난 아는데.
미안해, 신아.
형이 이렇게 대답할 걸.
망설이지 말고 니 편이 돼줄걸.

마이보가 날 찔러.

앗, 미안.

괜찮아. 난 로봇이니까 안 아프잖아.

난 이래서 니가 로봇인 게 참 좋아.

…보고 싶어… 보고 싶어 죽겠단 말야…

…나 울 거야…

…니가 와서 안아줄 때까지 울 거니까 빨리 와…

미안해. 이제 안아줘서.

인간 남신의 역할은 이쯤에서 끝낸다.
숨길 필요도 없고,
감출 이유도 없어.
나는 인간이 아니니까.

나는, 로봇이다.

만일 내가 인간 남신이나 서 이사 옆에 계속 있었다면,
원칙도 버리고 사람을 해치는 로봇이 됐을 거야.
내가 내 모습을 지킬 수 있었던 건 다 니 덕분이야.
너랑 같이 있어서 지금의 내가 될 수 있었어.
다행이야. 내가 너의 로봇인 게.

난 너의 로봇이야. 강소봉.

…우리, 오래, 끝까지, 보자.
난 이제 너 없으면 안 돼.

…사랑해, 강소봉.

착한 우리 아들… 널 만났을 때 진짜 기뻤어…
같이 돌아간다는 약속 못 지켜서 미안해.

이런 꿈을 왜 이제야 꾼 걸까?

안녕, 나의 아들들.

나 괜찮아…

너 대신 눈물 흘리는 거야.

…눈물…

…울고 싶어… 사람처럼…

…안아줄게… 니 마음이 우니까.

…엄마가 내 앞에서 죽는데 아무것도 못 했어.
남신이 죽으면 난 또 죽어가는 남신을 계속 보게 될 거야.
인간을 도와주는 게 내 원칙이잖아.
…내가 내 원칙을 지키게 해줘.

…싫어…안 돼…

꼭 돌아올게. 난 너의 로봇이니까.

같이 가. 그 끝이 어디든.

…앉 자. 전화 좀 해줘.

…곧 도착한다면서 왜 안 와…

…혼자 있기 싫어…

…보고 싶어. 나의 로봇.

…울면 안아주는 게 원칙이야.

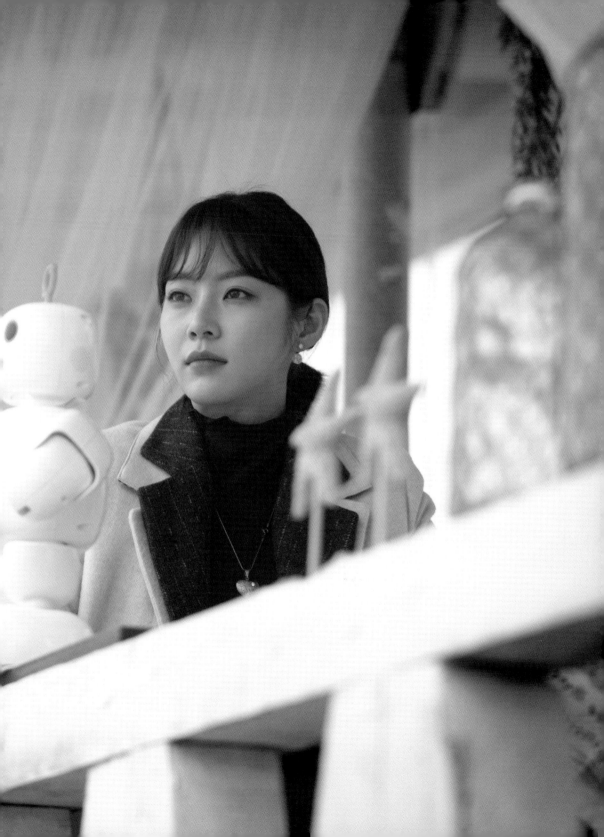

난 능력이 거의 사라졌어.
평범한 인간에 가까워.

괜찮아. 나랑 더 가까워진 거니까.
그동안 난 너랑 비슷해졌어.
내 마음은 안 변해. 로봇처럼.

"울면 안아주는 게 원칙이야"

Behind

Special Thanks ⌵

안녕하세요.

〈너도 인간이니?〉에서 인간 남신과 남신3, 1인 2역을 맡은 서강준입니다.

대본을 중반부까지 읽어봤을 때, 남신 역할은 꼭 제가 하고 싶다고 생각했어요.
인공지능 로봇을 다룬 드라마들은 최근에 꽤 나왔지만, 1인 2역까지 함께 다룬 적
은 별로 없었거든요. 소재 자체가 흥미로웠고, 또 중반부를 넘어갈수록 점차 촘촘
해지는 관계나 스토리가 정말 매력적으로 다가왔어요.

이 드라마의 매력은 남신3가 로봇이라는 비밀을 가지고 있기 때문에 그를 추적하
는 사람들과의 사이에서 자연스럽게 미스터리적인 분위기가 만들어진다는 점, 남
신3의 비밀을 아는 사람들이 하나하나 늘어가면서 변화해가는 극의 감정선을 따
라가는 과정이 흥미롭게 그려진다는 거였죠. 그리고 로봇 남신의 시선을 통해 인
간성에 대한 질문을 던진다는 점에서 단순히 화려하고 자극적인 볼거리만 있는
드라마가 아닌, 긴 여운을 가진 드라마라는 생각도 했습니다. 특히 남신3의 대사
중에 "인간에게 조만간이란 얼마의 시간일까?"라는 대사가 기억에 남는데, 오로
라 박사를 기다리는 남신3의 외로움이 느껴져서 저도 마음이 아프고 또 많은 생
각을 하게 되었습니다. 그래서 제가 대본을 읽으면서 느낀 이런 재미와 감동을 시
청자분들이 일부라도 느낄 수 있다면 좋겠다고 생각했죠.

한편으로는 촬영 현장에 가기 전까지 걱정도 많이 했어요. 제가 어떻게 해야 각 인물을 더 다르게 보여줄 수 있을까 하고 말이에요. 처음에는 막막했지만 감독님과 많은 이야기를 나누고, 현장에서는 동료들에게 많은 조언을 구했어요. 어떨 때 인간 남신 같고, 어떨 때 남신3 같은지 말이에요. 처음에는 두 가지 역할을 연기하는 것이 부담되기도 했는데 연기를 할수록 남신3에게 자꾸 마음이 가더라고요. 감정을 느낄 수 없는 로봇이기에 기본적으로 냉정함을 유지해야 하지만, 인간관계를 맺고 사람들과 부딪히면서 감정에 대해 깨닫게 되거든요. 저는 그런 남신3의 성장이 기쁘기도 하면서 슬프기도 했어요. 로봇이라는 이유로 그 모든 것이 가짜로 여겨지잖아요. 심지어 자신을 만든 엄마에게 조차요.

촬영한 동안 남신3처럼 잠을 안 자고도 최상의 컨디션을 유지할 수 있는 능력을 갖고 싶다는 생각도 잠깐 했지만, 그만큼 재미있고 의미 있는 시간이었어요. 현장 분위기는 말할 것도 없고요. 이 지면을 빌려 추운 날 많은 고생을 하신 감독님과 현장 스태프들, 이번 드라마에서는 액션 신이 많았는데 몸을 사리지 않고 열연을 보여주신 동료 배우분들, 애청해주신 시청자분들께 감사 인사를 보냅니다.

2018년 7월 여름 서강준 드림

Staff

출연 서강준 공승연 이준혁 박환희 김성령 유오성 박규규 김원해 최덕문 김혜은 김현숙 조재룡 차엽 오희준 채동현 차인하

아역 서은율 오한결 이주찬 **특별출연** 김승수 최병모 오의식

극본 조정주 **연출** 차영훈 윤종호

책임프로듀서 이건준 | 제작 유상원 | 제작총괄 장신애 안창호 | BM 이영범 김해정 | 촬영 장병욱 김길웅 이윤정 | 촬영1st 김은석 김지훈 나현재 | 촬영팀 박상일 윤창조 정진환 김태영 용호빈 주정민 김수빈 천경환 김태우 | 포커스 주명수 이광호 최형길 | 데이터매니저 로드 디아이티/ ENG 배정 변춘호 유재광 | 조명 윤명석 이용근 | 조명1st 구길송 김주성 | 조명팀 이재현 김태율 최성민 김주성 이창식 이혁춘 김태운 장학희 | 발전차 김주환 이창근 | 동시 옥승훈 함민 | 동시팀 나경운 최수용 이승현 | 그립/지미짚 이금상 김문수 박지훈 이동윤 박언효 유호진 김유진 | 미술 [KBS 아트비젼] | 미술총괄 정홍극 | 미술감독 전여경 | 세트디자인 김류희 노민주 | 장식총괄 최근남 | 장식인테리어 김예진 유연주 | 소품 백세훈 노성완 | 소품세팅지원 곽영철 | 소품제작 정진호 | 미술용품협찬 김지현 | 미술행정 양두천 정찬영 | 세트 ㈜아트인 | 세트총괄 송종태 | 세트제작 남궁웅태 김승리 | 장치 이상도 최병덕 김정근 조용훈 | 장식 김한 박유범 | 작화 이규창 김태연 | 세트행정 홍성훈 | 대도구 이항복 | 분장/미용 [메이크업스토리] 최경희 안수정 강혜정 | 의상 박희남 류윤정 | 의상디자인 강윤정 | 특수분장 [Studio Cell] 곽태용 황효균 | 특수소품 [아트레이드] 남성주 | 무술감독 [몽돌액션] 홍상석 | 무술지도 이병진 | 특수효과 [몬스터] 최병진 박기정 정민근 박성훈 | 보조출연 [태양기획] 이정훈 윤우영 | 캐스팅디렉터 [라인업] 최길홍 이민호 | 음악감독 개미 | 음악효과 고성필 | OST 오우엔터테인먼트 | 제작편집 안영록 송호경 | 제작CG 조정민 | 사운드마스터링 송재익 이장현 황현식 | 사운드디자인 서홍식 | 음향효과 박종천 배윤영 임소연 | 테크니컬슈퍼바이저 김승준 이주희 최동은 | VFX [마인드풀] 조봉준 김주성 김률호 김준호 박보람 채리나 방희진 여진희 오미라 이순호 | 로봇VFX [스튜디오매크로그래프] 이현동 이혜인 김혜인 | VFX [Thumbpost] 한준희 원성우 공윤정 | D.I [5elements] 최미나 | 타이틀 [마인드풀] 조봉준 | 포스터 [리미티드엑스] 최창근 배종우 | 스틸메이킹 [리미티드엑스] 김재만 홍성웅 채신영 김유찬 | KBS마케팅총괄 윤원주 공유표 김동우 | KBS홍보 김규랑 | SNS홍보 문창수 | 홍보대행 [블리스미디어] 김호은 김해리 | 온라인홍보 KBS미디어 | 콘텐츠기획 차유미 | 웹디자인 김인애 | KBS행정 강은교 김소영 | 스탭버스 [유진네트] 장호정 | 진행봉고 [미디어월드] 김민성 | 연출봉고 이승현 | 카메라봉고 김윤환 | 렉카 [월드렉카] | 대본인쇄 [슈퍼북] | 제작프로듀서 김대호 우지희 이동은 | 라인프로듀서 최연호 이은령 | 사업기획 이재길 박종우 | 제작행정 손혜림 | 마케팅총괄 [미디어그룹테이크투] 최혁진 | 마케팅프로듀서 손창준 성지혜 | 편집 최중원 | 편집보 최소희 문선희 최수빈 | 보조작가 육송이 오유경 | 섭외 윤종훈 이충민 | 스크립터 박아름 박지영 이하늬 | 연출부 유신 윤현철 전유영 고두현 Sara Ghezelbash 김성오 우대인 | 조연출 최연수 정태문 최동숙

기획 KBS 한국방송

제작 너도 인간이니 문화산업전문회사, MONSTER UNION

포토에세이

1판 1쇄 인쇄 2018년 8월 10일
1판 1쇄 발행 2018년 8월 21일

지은이 〈너도 인간이니?〉 제작팀
발행인 양원석
본부장 김순미
편집장 최두은
책임편집 차선화, 이슬기
해외저작권 황지현
제작 문태일
영업마케팅 최창규, 김용환, 정주호, 양정길, 이은혜, 신우섭, 유가형,
            임도진, 김양석, 우정아, 김유정, 정문희
디자인 All design group
펴낸 곳 ㈜알에이치코리아
주소 서울시 금천구 가산디지털2로 53, 20층(가산동, 한라시그마밸리)

편집문의 02-6443-8861 **구입문의** 02-6443-8838
홈페이지 http://rhk.co.kr
등록 2004년 1월 15일 제2-3726호
ISBN 978-89-255-6441-8 03810